女の子のためのセックス

詩

わたしにとって
すべては暴力で
わたしは
すべての暴力を
受け入れる

そして
なにものも
わたしを
傷つけることはできない

始まりや終わり

悲しい光景だと思う
酔ったサラリーマンが土下座してる
人の気配が消えかけた
阪急東通り商店街
泣いていたのかもしれない
私は
ホテル代を払い

男に体をあけわたす想像をする

救われるかもしれない

引き返して
手をさしのべて
肌を重ねて
見ず知らずの男の涙が
私のほおに落ちる

明日も明後日も何十年後も
そんなことを思いながら
通り過ぎるのだろうか

シャッターの音が響いては

静まる

ぬるい空気を残したまま
すり切れたずぼんの裾を引きずるように
更けていく

泣いているのかもしれない

出口が見えるまでのあいだ
少しだけいのる

夢

道で眠る少年の夢
揺りかごの中で眠る赤子の夢
子宮の中で見る夢
どこかの国の兵士の夢
明日死ぬかもしれないひとの夢
閉じたまぶたに
ひとしく降り注ぐ月のひかり

ようこ

ＡＶ女優になるために
東京に行ったようこは
マンコ壊れたって言って帰ってきた

笑ったら
涙がでた

ようこは
可哀想な人に
微笑むようにするのが上手くなってた

わからないほど

飲んだことにして
割りかんにする安い居酒屋

いつも二人合わせて

ようこは正直だから
聞かれたことには
ばかみたいに全部答える

そうやって
強くなりすぎたようこ

周りは就職活動始めちゃって
私まだ何にもしてなくて
彼氏と喧嘩して

別れそうになっちゃって
夏にはビキニ
無理やり着て

ほら、あれ
ようこが東京行く前
一緒に選んだ

どうか
可哀想な人に微笑む
みたいに
していてほしい

ようこが会計をしながら
こっちを見ないで

帰りたかった

って
一年分のしつもんに
答えるみたいに呟いた

最後の質問

私のすきなせんせいは
好きなことは才能だって言う
せんせい、質問
私がせんせいを好きなことは才能ですか
（言ったことには責任を持ってもらいたい）

せんせい、質問
才能を伸ばすにはどうしたらいいの

私は答えを知っていて
せんせいが困ってしまう前に
楽しめないし続けられませんって言う

でも私とても
大好きなんです
才能でも才能じゃなくってもどうしても
（これがせんせいが生徒に伝えたかったこと）

卒業です

さようならせんせい

swissôtel

あなたといる夜はいつも完璧だった。清潔で皺のないシーツの間で身体の表面が触れ合う滑らかさ。名前を呼びあう温度。欲しがる強さ。見えているものと見えないもののすべてのせたシーソーがつりあっている。空調、テーブルや椅子までもが欠けてはならないものとして静かにそこに佇んでいた。一ミリの誤差もなく。私たちのいる一室は時間や空間から切り離されて宙に浮いているように感じることがあった。朝がくるまで手や足が触れ合うたびそのまままさぐっていったりいかなかったり身体は一晩中熱を帯びていて。明け方、隣の人の寝息を置いて、そっと窓際に行く。朝靄のような空気をつま先にまとわせながら。裸のまま。いつまでも見てた。

ロマンチック・メモ

あなたの瞳に映るわたしが好き
自分の好きな自分になれるから
わたしの瞳に映るあなたもそうだといいな

片隅

誰もいない
公園の
駐車場
月明かり
手をのばしたら
始まる
してはいけないこと
しては
いけないことを
するのが
好き

昔から
ずっと
そうやって
きたの
し続けて
きたの
だから
もっと
悪いことを
したい
もっと
悪いことを
しなければ
いけない
してやりたい

そんな
つまんないこと
忘れるために
もっと
もっと

女の穴

勃起した男性器を
穴に入れて
こすると気持ちがいい
ただそれだけのことだ
人間は
ばかみたいだ
そんな簡単なことは
誰とでもできるよ
そんなことをセックスと名づけて
愛し合っていると喜んでさ

そんなことを

とりあえずあなたとしてみたい
いれて
こすって
いく
他の人間たちがしているように
してみたいのさ

穴なんだけど
ただの
真っ暗闇の
穴

＊

穴がどこに続いているのか
思い出して
体から涙があふれた

恋文

全力で信じてこられたら
全力で裏切りたくなる
楽する自分を卒業したい
誠実になりたい
誰も馬鹿にしたくない
裏切りたくない
一人残らず尊敬したい
信じられると裏切りたくなるのはなんで
どうしていつから
自分を剥いで見つめていくことは苦しい
嫌われたくなくて
このごにおよんでまだ嘘をついている

嘘をつきたくない
正直でありたい
誠実な人に誠実でありたい
嘘をつく人にもつかない人にも
嘘をつきたくない
真面目になりたい
まともになりたい
苦労と努力は違うと思ってたけど
とにかくがんばりたい
そしたら
もう一度
きみに会いたい

さみしさ

子供はことばを知らない
指をくわえて
暗闇の中
感情を見つめてる

君の寂しさ
僕が全部埋めてあげると言われたら
肩が少し下がって
涙みたいなもので
心が満たされた

どんな形だったか
思い出せないくらい
めちゃくちゃに揺さぶって
どこかに連れていって
子供みたいに
涙を止められない
もっと泣いて
かわいいから

ホテルの高層階から
窓の外を見つめたわたし

呼吸するように
点滅する赤い光
ことばを知った
指をくわえた
大人のわたし

バイバイ

お金で買われるのは気持ちいい
同じように並んだ女の子の中から
選ばれて
外へ抜け出す
シンデレラのような
高級な売春婦のような
気分で
昔から恋人だったかのように
手をつないで
風をきって歩く

そんな
たくさんのホテルの中の一つに
入るまでの時間が
一番好き
ホテルを出て
バイバイする時が
二番目に好き
お互いが
同じくらい
同じ気持ちで
想いあう
もう会うことのない
一度体を重ねただけの
相手の幸せを
その瞬間

優しい気持ちで祈る
バイバイ

そこにはなにもない

さみしさにつけ込まれて
池袋西口を出る

すれ違うたびに
欲望が生まれる
この街
山手線を何周かしてたら
たどりついちゃった
パンプスをだらしなく履いた
女が
男に何か渡してる

主婦が
風俗誌の求人を見てる
レイさん
週四で30万っしょ
すごくね
ああまだこんな時間
おまえ退屈だなあ
ママは仕事に行ってる
いい子にしてたら帰ってくる

嘘について考えてる
嘘をつくとは
支配することだ
支配するとは

守ることだ
誰から
わたしとあなた以外のものから

すれ違うたびに
欲望が生まれるこの街
それぞれ
細い路地
入っていく

そこにはなにもない

理由

もしも
あなたの余命が
あと半年だったとしたら
すぐに
会いに行くのに
すぐに
ちんこを
入れに行くのに

死

気が遠くなる
蜘蛛の糸のように
選択肢が広がり
先端には美しい赤ちゃんが
笑っている
それはわたし
もうこんなところまで来てしまった
手を伸ばしてふれたくなる

雨は上がり
世界に虹色がさす
生けるものすべてへの祝福

わたしもその一部であることに心を震わせる
その一瞬であることに
大粒の涙がこぼれ落ちるかつて産声を上げた時もそうだった
嬉しいのか哀しいのかなんなのか

そっと足を踏み出す
安らかなれ
糸は煌めく

雨

重ねた嘘と引きかえに
ここに二人がいるから
雨に降られても当然だったんだ

濡れてる
桜の花びら
道
つないだ手

車の中は平気だね
ぼろぼろだけど守ってくれるね

触れてよ
桜散ってるのに

あなたの初めてを
全部もらう気で来たのに
だから
あなたは
私の一番を全部奪ってよ

守るものなんかないふりをして
すごくほしい
すごくあげたい
感情が濡れて

音楽が
くぐもって
相変わらず雨が打ち付けて

愛してるという理由で
愛してると言うとか
ただ体温をわけあうことが
このうえなく満たされて

東京

―東京を離れて
一抹の寂しさと
もう私　嘘をつかなくていいんだ、という安堵
嘘をついて手に入れたかった
一時のしあわせ

螺旋階段

螺旋階段上って
高いところまで
上り続けるだけなんだ
ひとりなんだ
ずっと
これからもずっと
ひとりで
見たことない景色
目指して
見たいから

上り続けるんだ
上り続けるだけなんだ
だから
ときどき
飛び降りてやる
そしたら
そこが
一番上

射精

私の頬に出した
あたたかい精液
じっと見つめたあとで
申し訳なさそうにふいてくれた
子供になったような
くすぐったい気持ち

本で読んだんだけど
男って
射精した瞬間愛情の一部も
流れていくらしいね

だから
あなたの横顔は哀しそうなのか

流れた愛情は
また巡ってくるんだろうね
潮の満ち引きみたいに
繰り返し

あなたの腕のなか
満ち足りて
うれしいです、と言ったら
ごめん、と言われそうで

その

男のひとの横顔は
もう手の届かないところ

ちんちん

ちんちん舐めてたら
ちんちん、好きなんだね、
とあの人は言った
本当は
好きな人のだけ、好き、と言おうとしたけど
うん、とだけ
それから
あたたかさの中でこう思ったんだ
私はもう二度と
本当に大切で守ってあげたい
たった一人の女の子になることはないんだって

おっぱぶ

そこは明るくて、楽しくて、みんなが幸せになれる場所だった
手帳の予定は全部埋めた　誰かと会う日、おっぱぶに出勤する日、
全部埋める必要があった
おっぱぶのボーイは唯一無害な男友達
待合室ではみんなよく笑った、あけっぴろげで安心して
おっぱぶのボーイ田中さんとふうかちゃんは仲がよかった
田中さんとふうかちゃんは趣味の話で盛り上がることがあった
村上春樹が好きでノルウェイの森を5回くらいは読んだと言っていた
とにかく村上春樹が
好きだと言っていた　ふうかちゃんは
ノルウェイの森は20回読んで、本当は「4月のある晴れた朝に100パーセントの

女の子に出会うことについて」が一番好きだったけれど
言わなかった
時々、私を好きなのか？おっぱぶのボーイのくせに？と思ったが
言わなかった
勘ぐった後には大抵ただのおっぱぶのボーイのように
女の子たちみんなに優しかった
もし彼女がいてデートするなら、家で二人でだまって本とか別々に読んでいる
のが
いいなとか言ってた　ふうかちゃんは少し想像した
おっぱぶのボーイなんかと、つきあっているところ
ははは
それから
深夜、いつものように車で家まで送り届けてもらっていたとき
前に勤めていた塗装屋の仕事を辞めた時のことをぽつぽつ話した
ふうかちゃんは、

自分にも他人にも嘘をつけないことを、不器用っていうんだと思います
と言った
一青窈のハナミズキが流れてた
おっぱぶのボーイの田中さんは、ちょっと考えて、そうかもねと言って
ははははと笑った　もうすぐ家だよ　明日も頑張ってね　おやすみ

もう冬だ
いつものように待合室はおっぱいのようなあたたかさで満ちていた
みんな手帳を取り出して出勤の予定を確認していた
ふうかちゃん、今週の土曜日どうするー？
安っぽいキャミソールからおっぱいを半分出した女の子が聞いた
よていがなかった　土曜日はクリスマスで、あけていたんだ
ふうかちゃんが突然泣き出した　ひとりぼっちになった子供みたいに

みんな何が起こったのかわからなくて、慌てた

ふうかちゃん、抱きしめてあげよっか
おっぱぶのボーイの田中さんが言った
笑ってなかった
真剣な、声だった

ばかだ　この、おっぱぶのボーイも、ばかだ
優しさって、痛い

ははは　はははって
笑ってクリスマスも出勤した

店をやめるときはあっけなかった　春風に吹かれたおっぱいのよう
ねえ田中さんあなたは今もどこかのおっぱぶにいる？
もしも奇跡的にばったり会うことがあったなら
「あのときの、、、死ぬまで忘れないから　ありがとう。」
と、まっすぐにあなたを見つめて
言わないだろう
やっぱり、ははは
はって笑うんだ

音楽

音符は無表情な顔をして
世界に貼り付けられた
退屈な風が吹いて
ばたばたと投身自殺する
塵とりでかき集めて
窓から放ると
五線譜の風にのって
お終いの音楽が聞こえる

うみべの女の子

始めはさ
きみの詩に出てくる
嫉妬しちゃうくらい
魅力的な女の子のうちの
一人になりたかっただけなんだけど
完璧にかっこいいきみの詩に
かっこ悪さを見つけた時点で
ゲームおしまい、って
思ってたんだけど

きみはコンタクトの方が

似合ってるけど
眼鏡とる瞬間が
たまらなく好き

子供の頃から
ロマンチックが好き
ロマンチックって
世界に二人だけしか存在しない瞬間のこと
そんな瞬間が
ずっと続いて

夏まで一緒にいたら
夜のお散歩しようよ
なまぬるい空気に
肌をひたして
どこまでも歩いていけそうな
気分で
遠いところまで
夏の終わりまで
行きたい

歩道橋から
新宿西口に溢れ返る人を見てた
俺は五十億人くらい踏みつぶしたいよ

きみが言うと
なんでも優しく聞こえるからまいった
男の子の好きなとこは
結局
暴力的なところなんだよね
わたし女の子だからさ

冬まで一緒にいたら
最後までしてよ

わたしばっか
こんなに恥ずかしくなって
どこに行くんだろう
きみもかっこばっかつけてないで

恥ずかしくなってよ
一緒に穴に入ってよ

歩道橋から行こう
星、見えるかもしれないから
門限気にする高校生になって
カラオケボックスで押し倒されて
二分前までいちゃついて
手をつないで
改札口で何度も振り返って
手をふる

人は変わっていくから
誰のものにもできないって知った
でも
思い出にはなれるよ
一緒に笑ったことを
ずっと覚えているよ

愛子ちゃん

嘘のない世界に行きたいと願い続けた愛子ちゃん
わたしも行きたいけど
わたしが一番嘘つきだ
何か一つ信じたいよ
信じられるものはなにかな
世界はひろいな
だから見つけにくいよ
嘘は嫌いだよ
わたしも嫌いだよ
些細な嘘も本当はいやなの
広告のちっぽけな嘘も
会ってる時間以外は

相手は何してるかなんてわかんないじゃん
ってことは
なにしてもいいってことなんだ
ぽかんってなるよ
そうなのかな
じゃあこの三時間以外は
全部嘘ということかな
だから愛子ちゃん
ずっとずっと片時も離れずに
誰かといたかったのかな
信じ切らないと
嘘は消えない
世界から

愛子ちゃん知ってた？

嘘はついてもいいけど欺いたり騙したりするのはよくないんだ
誰かを喜ばせたり　誰かを傷つけないための嘘もあるから
だけど
同じだよ！って叫ぶだろうね
じゃあ愛子ちゃんのいう嘘のない世界に行ったら
もっと優しくないよ
優しくなくていいの
じゃあどうしたらいいかな
嘘のない世界にいきたい
それはやっぱり1分とか1時間とかなのかな

きみと会っている時は
嘘がないから
嬉しい

言葉はぜんぶほんと
体温も表情もぜんぶ
すごく信じている1分とか1時間
わたしもぜんぶほんと
だから嬉しいよ

愛子ちゃん、
やっぱり
1分とか1時間で
じゅうぶんだよ

そんな終わり

マンガ、返さなきゃ

会うたびに
貸したり
借りたりした
大量のマンガ
汚さないように
本棚の上の方に並べてある
長くそこにありすぎて
すっかり
馴染んでしまった

別に
貸したの
なんだったか覚えてないし
いらないからあげるよ

こっちもあげてもいいけど
読み返さないし
邪魔だし
返すよ

一冊一冊
ていねいに
紙袋に入れていく

おもしろかったね
お互い知っていくみたいで

（純情な話だね

（相変わらずえろいね

（こういうのも、悪くないのかも

眺める

すかすかになった一角を

そんな

返してもらったマンガ
あ、これめちゃくちゃ好きだったんだよな
って
読み返しながら
一冊一冊
ていねいに戻していった

山手線

山手線を指でぐるっとなぞる
そのぶんだけ自分がいる
そのぶんだけ恋人がいる
ぐるぐる
なんでもいいから
何かになりたかった

＊

降りることができなくなる
その日をどこかで待ってた
窓から通りすぎる街を眺めてる

ただなつかしい

＊

鶯谷
谷と谷の間から
ピンク色のさえずりがきこえる
春

＊

神田
という文学青年

＊

渋谷
優しい刹那であふれるまち

いちばん好きなまち

＊

御徒町
オカチマチ
色とりどりの
宝石をオカチマチに広げて
ジャラジャラ遊んでる

＊

高田馬場
冬、あの長い坂道を上って
文学部に落ちて大阪の芸大に行ったきみが
銅像の前
短いおねがいをした

＊

東京
東京のおみやげが全部買える場所

＊

日暮里
電車の中から沈む夕陽を見てた

＊

原宿
カラフルな女の子たちが
パンケーキの上でトランポリンしてる
スカートがふわふわゆれる

＊
池袋
せんべろ
いつかあなたと

＊
新橋
焼き鳥とビールを飲んで大笑いして
酔いがさめぬままころりんと寝たいという
思いをスーツのポケットにいれて

＊
新宿
新宿を愛するひとたちで埋め尽くされて
夜
一斉に目をぎらぎらさせて輝く街

＊

有楽町
靴音の消えた休日の夜
おしゃれをして
きれいな石を敷き詰めて作った道
そっと歩いていくのがすき
ファッション雑誌を切り抜いて作ったお店の前を

＊

巣鴨
東京のおばちゃんここにあらわる

＊

秋葉原

欲望をつめこまれて破裂しそうな女の子
ぐにゃり、

＊

お茶の水
中央線から見える景色、
蝉の声で溢れるホーム
景色に溶け込む学生

＊

錦糸町
欲望にきれいとか汚いとか
北口と南口とか

＊

代々木
週末はみんなでピクニック
ビールとおべんと
音楽がきこえてくる
もうすぐ幸せになれる
原点にかえしてくれるまち

＊
上野
古今東西カオスなまち

＊
目黒
こんにちはさようなら
あたたかいつめたい

さくらさくちる
わたしとあなた
わたしとあなたがすきな
ひとたちと
ていねいにつみあげている
せいかつがあるまち

＊

品川
品 のようにビルが
川 のように交通機関が

何度でもほしい、
夜明け

I Love PAPA

私が八歳の時
パパしかできないやり方で
マフラーを結んでくれた
時から
ずっと恋してる
就寝前に
「カトマンズでＬＳＤを一服」を読んでる
ねえパパ
どうしてアキレスは亀に追いつけないの？
それは地球が丸いからだよ

宮益方面は知らない

渋谷駅から股が割れて尿が流れる
あみだくじの一本はラブホテルへ通じる
コンクリートの下は腐っていてたまに異変に気づく
ラブホテルがひしめいて扉を開けると部屋がひしめき102を開けるとやはりひしめいている
彼女のしたは真っピンクな嘘
本当は嘘のない世界に行きたいという嘘もう何が本当で何が嘘か考えるのやめた
銭湯上がりの爽快さで道玄坂を一気に下る！
セックスの後にラーメンを食べたいのはお腹がすく以外の理由があると思うんだ
欲望にのまれて流れついた流木が亡霊みたいに立ち並んでる
手持ちの金でどこまで飛べるか何枚扉を開けるか
飛んでも一人（飛ばなくても一人）

女たちはサンドイッチを隠し持ち男たちはパンナイフを磨いている
飲ませたい退屈そうな大人の顔にスプーン一杯の矛盾！
文化村の真ん中で堕胎手術が行われる３６０日
えぴきゅりあんは決して満たされることはないんだと顔のない男が耳打ち
渋谷？それはすべてを忘れるための巨大な装置！
しらじらしい朝に坂を下りきったらとても疲れた
マジックミラー越しに犯されすぎた女
スクランブル交差点の真ん中は何も聞こえないどこからも遠い場所
ハチ公は目を潰される日を夢みている
ジバニャンとコマさんとコマじろうと戯れる夢をみている

ふたり

薄暗い一室
閉めきらないブラインドから
不自然に差す微量の光
簡素な作りのベッドの上

言葉はいらなかった
あるのは
あなたの体温と
わたしの体温
なでる手のひら
ふたりとも

耳をすませて
だけどなにも聞いてなかった
すきという気持ちだけ思いながら
ただ過ぎていく時間を
感じていた

石を積む

積んでは崩れ
崩されたり
崩したり
しながら
積み方を覚え
積み上げた

ひとつひとつ
投げた

泣きながら
投げ方を覚え
できるだけ遠くに
投げた

底

突き落とされた
ここは
じぶんがいちばん
よく知っているばしょだ
たくさんの穴の中に
埋めた食べもの
ひとつ
ひとつ掘りかえして
いい具合に腐った
食べものの
気持ちを考えながら
食べる

くるしい
全部食べないと
きっとここから出られないのだ
じぶんは
すごく
恥ずかしいことをしている
平らげるまえに
死ぬかもしれない
ほんもうだ
誰にもみられずにすむ

上の方で
突き落としたじぶんが
ばかと言った

おしまいの日

世界で
たった一本勃起して
私という存在を
はかない
望みのように
あたたかく照らしてくれていた
ちんこが
ゆっくりと頭を垂れるように
完全に
地を向いた日

お疲れ様

辺りは
静まり返るだろう
それは
祝福だ

私には性器しかない
ノートの片隅に小さく書いた
制服姿の私が
遠くで抱きしめるように微笑んでいる

さむいな
こんな日が
くるんだ

数えきれない男の人たちが
透明な上着をかけてくれる
股の間はまだあたたかい私は
皺をたくさん作って
微笑み返す

おしゃれをやめ
笑顔をやめ
エアロビをやめ
陰毛を整えるのをやめ
アンアンのセックス特集を読むのをやめ
ほとんどのことをやめる
お祝いだ

おばさん友達と蟹食べ放題に行くだろう

食べて
無口になって
幸せねえと呟く
食べながら泣ける
夢中で
いっぱい
食べる
いっぱい食べて
幸せになる
幸せになる

ちひろ／山手線

どんなおじさんにでも
その時だけ恋をしてしまう女の子がいる
父の日にプレゼントを贈り続ける女の子がいる
おじさんとセックスしてお金を貰う女の子がいる

半分お金で半分趣味らしい
半分幸せで半分寂しいらしい
半分知られたくなくて半分知られたいらしい
あとには
半分が残るらしい

わたしたちマンコ壊れたって笑いながら
スクランブル交差点
ぺらぺらで平坦な感情の上を歩くようにして
振り返らないようにして

お客さんの大体は
アイロンのかかったシャツからネクタイを外して
僕は一番家族が、すごい好きなんだ、とまっすぐに笑う男の人

背景を想像するだけで
少し優しい気持ちになるよって
話したくて

かつては粘膜と粘膜を擦り合わせる
恐ろしい行為だったはずなのに
ラブホテルはラブホテルという名前にしっくりくるし
客だった不倫相手の子供の名前は死ぬほど可愛くて
だめだーって思ったし

ちひろちゃんはこんなとこにいてほしくないよね
体を大切にして
体を大切にしてってどういうことだろうって
真剣に考え込んでしまうのだ
それでも心を大切にしてはなんとなくわかる
風俗嬢たち

体と体の間に言葉が溢れて口に出したそばから嘘にして
近づけないようにしてしまう

出勤時間以外は寝てるかタバコ吸ってる
彼氏いるの
うんホスト
彼氏いるの
うん一緒に住んでる
今日も行ってらっしゃいって笑顔で送り出してたし

自立してない人キライー

家がないねん
15の時からここ家みたいなもんやし
18番アイさんは
私結婚するんだ、と幸せそうに言ってて

菓子折まで置いてった
さまざまな思い

深夜の託児所に迎えに行くと
かわいい女の子がランドセルをしょったままお母さんと
ディズニープリンセスの話をしながら
すやすや寝てしまう

ごくたまに彼女たちは
おばあちゃんの話をする

精液が尿道を通ってしまったら
物語が一つ終わってしまったみたいに虚しい
すっからかんのきんたまをぶら下げて
それぞれ帰る家に帰るのだ

おおさじ1くらいの白濁した精液の
何時間ぶんの何日間ぶんの物語をティッシュにくるんで始末していく

ぐるぐるぐるぐる続いてく
山手線みたいに続いてく

高架下の安い居酒屋
月曜から金曜までサラリーマンでいっぱいで
それを横目に今日働いたぶんの給料を取りに行く

徹底的にぶっ壊したこころの
壊しきれなかった端っこに引っかかる
ほんの
揺らいだぶんだけ
やさしく

少しだけ距離の近くなった人たちのことを思い出す
もしかしたらちちひろ
ドアの向こうで繰り広げられる９０分は
なによりも近くて
安心だったのかもしれない

わたしもいつか家族を持つのかな
そうしたら
高架下
山手線

つまり

ささやかな幸せが東京を一周してるって話
誰かに聞いてほしいなあ

地元に一軒しかないソープランドで№2だった私の親友

小学3年生からずっと仲の良かった友達は
地元に一軒しかないソープランドでナンバー2になった
数年前に届いた年賀状には
もうすぐ子供が生まれます
子どものすべてを包んであげられる母になりたい
と書いてた
あと、私のような孤独な人生を歩まないように願うばかりです
とも
私のたった一人の親友
君の傷も、満たされる一瞬も　全部私のものでもあったよ
彼女はかわいい女の子の手を引いてきた

よく似ていた
美人さんになるな、と思った

今まで何人とはめたかという話になって
彼女が両手の指を１０本立てたのでさすがにびびった
来世の分までやり尽くした、と言って笑っていた
今は性欲が果てたらしい
旦那との結婚は失敗、とため息ばかりだったけど、お母さんになってた

私たちはあの頃なんであんなに寂しかったのか不思議
手帳の予定が空欄だとどうしよう、って焦った
適当な場所で適当な男の人と待ち合わせて埋めた
なんであんなんだったんだろうね
土地柄もあるかな　愛に飢えてた
とにかく必要とされたかった、セックスしている時だけは必要とされていると

感じた
使い捨てカイロと同じ　多分お互い　終わると自分は必要ないんだって思った
だけど、
自分自身を必要としてくれてると考えないとやりきれないから、
自分を騙してた、と彼女は言った

うん、私なんて、ノートの片隅に私には性器しかないって書いたよ
それ、自分も同じこと考えてたわ
私たちは何度も苦笑いした

ソープで働くことと、それ未満の風俗で働くことと
明らかな線引きがあると思ってて
女の子がその一線を飛び越えてしまう心理が気になっていた

いや、お金なかったし　最初にもらった6万円でトイレットペーパー買いに行った

それに、すべての男を受け入れようという気持ちだった、母になろうとした、と。
私はそれを聞いて、彼女はずっと、誰かの母親になりたかったんだなと思った。
自分が愛に飢えていたから、欲しくてももらえなかったから、
愛をあげる側にまわろうとしたのかもしれない。
だらだら働く人は必ず戻ってくる、40近くで、ああまたこの人辞めたり戻ったりなんだって
今さら働けないでしょ、1000万貯めてすっぱり身を引く人もいたよ

彼女は今時給780円で食堂のバイトをしている
もう戻らないし、戻れない、そもそも自分の体に価値はもうない、
働くことと、人と関わることがやっぱり好きなんだよね
と言って
過去をひっくるめて笑ってた
かっこいいなと思った

電気？ああ、セックスする時ね、電気つけないと客つかないって言われてから
いつもつけてる。
最近やってないけどね

スマホのメモ欄

近くのコンビニで酒を買って一人暮らしの男の部屋にあがる
初めて二人で会うのが家
雑な距離の詰め方
フェラチオ
一回いかせる
二回目、生理だったけどした。
ちんこがずっと立っていて終わりがない。
なんて思っただろう
生理中なのにやる女、みんなにしてるんだろ、のこのこ部屋に来て、すぐにくわえる、
ビッチ

私がなにか言うと全部嘘ぽい
しらじらしくて嫌になる
ちんちん好きなんだね、と言われた
私はもう二度と誰かに本当に大切にされることはない
たった一人の女の子にはなれない
悲しい
乙女ｖｓヤリマンの葛藤

煙草の味を知った、あなたの唇で
あなたの思い出になりたい
あなたの歴史に残りたい

チンクルチンクルチンクルホイ。ハメた人数一ケタにもどーれ

bar musicからホテル
なかなかいかないねと君が言ったから今日は外出し記念日
出すタイミングがちょっと遅い
妊娠するリスクと気まずくデートが終わることを天秤にかけてふりきれてしまう浅はかな女
あなた、性欲は強い方？
ポテンシャル的には
なにそれ、村上春樹みたい

外でご飯
それから部屋に行ってセックス
ローター持参した
使われながら、入れられるの、好きだからっておねがいした
私がいなくなったら、寂しい？寂しいよ

クリスマスケーキを食べた

二人、静かな部屋
レシートと日付
初めて好きと言われた
中出しをしてくれた
煙草を吸う横顔を見ていたの
私はあなたの何を覚えていたいかな
甘いシーツにくるまりながら

動画を撮った
外出しのセックス、二回
これはＡＶだなあ　うんうん
そんなことをしてあなたの記憶に残ろうとしてしまう
可愛い　毎日会いたい
夜の初詣
それから、結婚したかったな、と隣であなたは呟いた

たった一人の女の子になれないなんて言わないで、なれるから

生理だったのでめちゃくちゃ
忍びない、と言うので笑った
結婚したい、いづれ別れるなら俺が欲しいな
真剣だから
君はどうなの？目指す方向が同じだと思わない？
物事にはタイミングって必ずあるから、その時がきたら俺のところにきて。
長い地下道
すれ違う恋人たち
繋いだ手

好きな人とは恋が終わるまで一緒にいるべきで家族にならなくていいんじゃないか？

未使用のちんこにはめるおもちゃがあったので持っていく。
輪になっている部分を装着しスイッチを入れるとクリトリスを刺激する仕組み
え、なにこれ、君が気持ちいいんじゃん。
頭を叩かれる。えへへ。
『あそびあい』みたいだった。
今度貸してあげよう

ご飯作ってあげた。
もしもあなたと一緒になったら
もしも、を重ねて夢をみてる
恋に懲りない女の子でいたいよ
充電されました、幸せ
男は、放電だよな。

選択には責任が伴うが自分は責任を放棄している

たくさん嘘をついてしまった
銀河に謝らなければいけないくらい

私たちはこのまま終わる。どうしようもできなくて。自然な流れで。さみしい

俺が毎日してあげるよ
わーい

あなたの子ども、欲しいな。勝手に育てるから。
え、俺は？俺も見たいよ。参加したいよ。
しつこく言いすぎていらっとされたかも。
もう言わない。

二回した。
君、たとえ僕と一緒になっても絶対浮気するよね。でもいいよ。受け入れるよ。

いつも同じものだったら飽きるでしょ。心が奪われなければ、それでいいよ。
え、いいの？そんな人初めて。
でも好きだから、しないよ。いや、するか。するわ。

昼間の公園。セックス、中出し、チョコレート。
覚えておかなきゃ、と言って
暗がりで私を見つめるあなたの目は
いつも悲しみを帯びている

夜明け前に

私、この曲すっごく好きで
すべてが愛おしくなる瞬間があるんだけど
で、今、抱きしめてるんだけど
何をって、遠くにいるあなたのこととか

同じように風景を見ることができたら
同じように音を聞くことが

同じように笑ったり傷ついたり
ただ同じように感じることができたら

高層マンションの
41階
冷たいフローリングの床
裸足
昨日の空気をパジャマにはらませて
ぬるい指でなぞる
音のない
窓の向こう側の景色

霞んだ地平線
うすい空
湾岸
まばらな航空灯
敷き詰められたように立ち並ぶビル
静かな運河
ベルトコンベアみたいな高速道路
車が等間隔で運ばれていく
始発の電車が眠そうに出ていく
昨日のままの工事現場
建てかけのビル
人のいない歩道
赤のままの信号機

切り離されたように浮かぶ私の居場所

約束なんていらない
契約もいらない
義務も責任もいらない
いらないそんな優しさ
私があなたを
あなたが私を欲しがるぶんだけ
一緒に生きて

心に触れるように体に触れて

体に触れるように心に触れて
だからこんなに気持ちいいね
ずっと忘れてたこと
思い出したよ

街が少しづつ浮かび上がって

あなたの寝顔を想像しては
安らかであってほしいと思う
夜明け前

無題

私は
誰のものにも
ならない
ていうか
なれない
かわりに
誰も
私のものに
ならない

なってくれなくて
いい

夜

ビルの屋上から
ひとり
両手を広げて
安心する
ぴかぴか光る街
どこにも
合わさないですむ目

人は生まれてから死ぬまで一人とか
孤独と自由は同じとか
一瞬が永遠とか

そんな
陳腐な言葉に
なるかな

（人はどうして約束するの）
（変わりたくないから）
じゃああなたは変わらないで
ずっとそのままでいたら
私は変わるよ
あなただけずっとそのままで
いて

くれなくて

いい

楽しすぎて
今
終わってもいいや
とか
終われ
とか
思って
ばかみたいに
家に着いて
天井を見上げながら
涙が
どんどん流れて

止まらない
さみしい
ばかみたいに

ずっと
このまま
こんなふうなのかな
このまま
ずっと

あなた以外の人
あの人とか
あの人なら
わかって
くれるのかな

何を
したいの

いずみさん

出会いカフェで交渉して数分後にその辺でハメる
休日はそれに費やしてストレスを０にした
労働に向いてないなとつくづく思った人と同じようにするために
ひどく頑張らなきゃいけない
普通になりたくて必死
三本くらい見知らぬちんこをただ出し入れしていくと
自分が軽くなっていくのを感じた
いくとかどうでもいい
ただのちんこでただの穴ですりきれたい
０になったら明日が始まる
どっかおかしいんじゃないの

モノみたいに扱われるセックスが
よくて
体にあいている穴がぜんぶ
一回の射精のためだけに乱用されるのが
よくて
シーツにしみついたおしっこに
なりたくて
冷たい目を
見上げる
満ちないね
玄関のドアをぱたんとしめて
明け方
私は眠りにつけて

あの人は家族がとうに眠っている
家に帰る
なにもない道路をひとり車を走らせる
あの人の目を思う

三百人くらいはやってる俺はおまんこに執着する
純粋な奴信用できない子供は絶対女がよかったんだわ
医者死ねばいいと思ってる俺は遊びの間に仕事してるから

名駅前で偶然見かけたあの人はパパで
車椅子を押してた

あの人によく似た女の子が乗ってた
ますます好きだと思った
ますます

傷つけられたい
苦しくなりたい
涙を流したい
壊されたい
壊されたい
壊されたい

あんたも相当おかしいね

いずみさんわたしはあなたのところまでいけたかな

あなたのことは全部覚えています
あなたの部屋に行ったことを
時々思い出します

幸せになって下さい

今日は子供の誕生日なので
沢山のプレゼントが届いた
９９％幸せの中にいます
踏みつけてくれたちんこたちありがとう

全部きみたちのおかげです

いずみさん円山町に行けば
あなたに会えるの
壊れたマンコをワンピースの下に剥き出して
ぽっかりあいた月を見上げて
待ってるふりをしてる
赤い口紅を塗りたくった性器で
けらけら笑って吐いてるの

いずみさんいずみさん
わたしも千円でいい

愛がないならお金をとらなきゃ

まばたきとまばたきの間に
わたしが沈んで
あ、
堕ちたい

おっぱぶ2

ばちんという大きな音を立てて
お祭りは終わる
ミラーボールは止まり
嬌声は消え
ホールにはただ
四角いテーブルと
タバコの匂いの染みついたソファが
佇んでいるだけだった

女の子たちは

白いおしぼりでおっぱいをそっとぬぐった
誰かのために存在する
誰かのためにに存在していた
神聖なおっぱい
それぞれ
それぞれの想いでぬぐったのだ
なにを？

隣には新人のきれいな女の人がいて
横目をみやるとお母さんのおっぱいをしていた
さらされる
お母さんのおっぱい
日常からかけ離れていく
はやさで
引き渡される

お母さんの

見てはいけないものを
見た気がして
ぬぐう、ていねいに
いつのまにか膨らんで
価値を存分に発揮するおっぱい
ぬぐいながら
これは自分のおっぱいなのだから
どう使ってもよいのだ
と
ぬぐう

夜の街

夜のコンビニ
薄着で
夏の終わりを感じている

東京、
アスファルトの下に
土が埋まってるなんて信じられない
ハイヒールのかかとを
すり減らしながら
すり減らされながら
元通りになることはなくて
あられもない
かつかつという音を
ごまかしながら歩いて行く

見えないちんこ

わたしは見えないちんこをもっている
男の子とセックスするたびに大きくなった
見えないちんこは
乱暴にされたように
乱暴にしたくないと思っている
優しくいかせてくれたように
優しくいかせたいと思っている

ふたりで

もう戻れない場所を懐かしむ
四年間通った大学とその周辺の風景　出会った人たち　交わした言葉と想い
なんにもないところから生まれた物語がたくさんありすぎて
いつでも胸をいっぱいにすることができる
ひらいた手のひらから簡単にこぼれていってしまいそうなものが
今も変わらずにちゃんとある

誰かに夢をみること
誰かに夢をみせること

愛することは誰かの夢の一部になること

彼女の半分は私でできている
だから精一杯のやさしさで
いっぱいさわる

ほとんど使われていない棟の屋上はお気に入りの場所だった
立ち入り禁止のロープを越えて、長い階段を上って重いドアを押すと空に近い
場所が広がっている
私はそこで時々誰にも邪魔されずに考えごとをしたり読書をしたりしていた
梅雨が明けた頃だった
久しぶりにそこへ行くと知らない女のひとが寝ているのを見つけた
リュックを枕にして　開いたノートを横に

私は彼女を　先輩、と呼んだ
会うたびに魅かれていった
それは同性に対する新しい感情だった

わたしの扉は壊れているから、あまりうけつけないの、性欲はとても強くて、
ああ、昨日、駅のトイレでユング読みながらひとりでしてた　たぶん普通の人の三回分がわたしの一回分なの　エネルギーを費やしてしまう　肉体がすき、いとおしい　うんうん、精液とか唾液ね、体の中にあるもの、か　それは母性なんじゃない？だって動物って子どもが吐き出したもの食べたり、肛門とかなめたりするよね　射精はわたしにとって声なの、身体の反応は全部声　前に女の子にふられて何も食べれなくなってもう空っぽぎりぎりまでなってでも何も口に入らなくて　なに食べれるだろうって思ったらあの子に肉だ、それなら食べれるって思ったの

なにがそうさせたのかわからない
初めて会って、触れあうまで、すぐだった
目をじっとみる癖があって　触ってほしいと訴えているような気がしたから

先輩の外見や立ち振る舞い、発言の一つ一つが、存在が
性的で、野生的で、無防備で
そこに行きつくまでのプロセスが、始めから省かれていることが
目に見えてわかった
なににもくるまれていなかった

え、ブラ？してないよ　疲れるから　見たいです　胸も　触りたい
乳輪は大きいんだ　肉付きいいよ　もっとスカート、あげて
かわいい　今度、ここも見たいです　一緒にお風呂入りたい　舐めさせて　だめかな

今まで女の人に対してどうこう思ったことはないけど、
先輩のことは好きです、って言ったら　ちょっと困った顔をして
君も変わっているねと言った
先輩の方がよっぽど変わっているのに、と思って笑った

部屋にふたりでいるとき、
きみのこと、１００％は理解できないけれど、信じているから受け入れられる
と先輩は言ってくれた

一緒にいる間は先輩の身体を可愛がった
優しくしたいという気持ちが快楽を与えることにつながる
女の人の身体は柔らかくて　私が甘えていると、先輩は母親みたいな優しい表
情を見せてくれた
かつて男の人がしてくれたのを思い出しながら
ひらかれたところを舐めていると時間を忘れた
気持ちよさそうにしているのをみると、もっと喜ばせたくなった
私を一番優しく可愛がってくれた人のように
先輩の身体を可愛がりたいと思っていた
ふと、近づきたいけど、それ以上近づけないと感じることがあった
初めてだったからかもしれない

身体と身体のあいだに　心をはさんで

どうしたらもっと近づけるかな　ひとつになりたい、それくらいの軽さでいいから

ほしいな

先輩の性器が男のひとをずっと受け入れられなければ、いいのに

誰かが私より近づいてしまうのはやだな

……

………それからは欠陥品なの

可哀想だと思った、同情してしまったのよ

先輩は、きれい

みんなそう思って好きになります

そうかな

うん、絶対
わたしもきみのこと、好きだよ
（今もう一度出会ったら、もっとうまくいろいろやれると思います
いろいろごめんなさい
私は子どもで、全然だめだった）

私たちは　ふたりだけの秘密の場所からいつも手を繋いで階段を下りた
小さくて　はかなくて　壊れそうで　関係みたいだと思った
そして最後には必ずお互いを褒めあった
先輩は私のことを、可愛い、とまっすぐに目を見て言った
私は先輩の全部が好きだと思った
優しくて　面白くて　頭が良くて　柔らかい身体と感受性を持っていて

愛されることは誰かの夢の一部になること

ある日、広い大学の中で見つけたお気に入りの場所
私は多分、ひとりだった
そこできれいな女の人を見つけた
私は彼女を先輩、と呼んだ

一番幸せだった時

タイにいた
大学四回生の夏休み
バックパッカー気取りで
旅とは
非日常と無責任　イエーイ
自己紹介はこうだった
i am foolhardy
無鉄砲って意味だ
気に入った
いつだってこう答えた
i am foolhardy
大人になりたくないなって思ってた

考えるだけで切なくなった
大人になったら
社会で人と同じようにする
たぶん子供の自分が好きだった
セロ弾きのゴーシュの講義で
号泣した
四回生だった

バンコクから列車で北上して
アユタヤ
チェンマイ
もっと北へ
ひょんなことから
ツアーに参加した
タイ人のガイド二人と

色んな国のバックパッカーたち十人位と
日本人の私
私たちはバスを降りて
どんどん山奥に入った
途中アカ族という民族に会う
炎天下
滝から飛び降りて
飯も手で食べた
箸もあったのに
ブラジャーとシャキっとパンツで
片言の英語を話す
へんてこな私
eccentric
しっくりくる
今思うと

歩いて歩いて
日が暮れかけた頃
一泊するための小屋についた
全員がへとへとだった

その夜私は襲われたのだ

小屋の中は真っ暗で
誰が隣にいるのかもわからなかった
ただ
男のごつごつした手が
私の体をまさぐった

その
純粋で無邪気な性欲を
受け止めながら
嫌じゃないなと思った
息をひそめて
可愛らしいとさえ思った
やはりeccentric
だったのかもしれない
何しろ眠かったし
その夜のことはあまり覚えていない

朝が来て
一同の顔を見回した
みんな何事もなかったかのように
出発の準備をしていた

本当は
何も起こってなかったんじゃないか？
でも
確かに体に残っている感触
とりあえず
夢と
現実の間に起こったことにした

私たちは山を下りた

その夜
ささやかな打ち上げをした
プラスチックのテーブル

簡素な料理と酒
どこからか流れてくる音楽
もう二度と会えないであろう
バックパッカーたち
みんな笑っていて
もう何もかもどうでもよかった

どれくらいの時が流れただろうか
私は
今まで感じたことのないような
恐ろしいほどの幸福感に満ちていた
至福だって思ったよ

ひとりぼっちで
立ち尽くして
生きていることに
泣きそうになりながら
本当に本当に幸せだったんだよ

女の子のためのセックス

男の子の性器が勃起するから
女の子はいつか覚悟を決めなくちゃならない

彼女は自由
自分のためのセックスをしているから
それから孤独
自分のためのセックスをしているから

女の子たちは

それぞれのお家につくまでに思った
忘れられたようについた
ちっぽけな血で
つながれている
愛のしるし

男たちは性器をぶらさげてる
ダーツで負けたらセックスしまーす
女の子は笑っていう
まぶしいくらいきれいな体
あと１００回負けたら

自由になれるよ

あとがき

もう二度と会えない人たち。たくさんもらった。
快楽、言葉、体温、愛、愛みたいなもの。
言葉にならないもの。
そういうものでできた、詩と自分。

女の子のためのセックス

二〇一七年　七月三〇日　第一刷発行

著者　ちんすこうりな @*Chinskou Rina*
発行者　平居　謙／　草原詩社　京都府宇治市小倉町一一〇—五二　〒六一一—〇〇四二
発行所　株式会社　人間社
名古屋市千種区今池一—六—一三　〒四六四—〇八五〇
電話　〇五二（七三一）二一二一　FAX　〇五二（七三一）二一二二
［人間社営業部／受注センター］
名古屋市天白区井口一—一五〇四—一〇二　〒四六八—〇〇五二
電話　〇五二（八〇一）三一四四　FAX　〇五二（八〇一）三一四八
郵便振替〇〇八二〇—四—一五五四五
制作　岩佐　純子
印刷所　株式会社　北斗プリント社

ISBN978-4-908627-19-4
定価はカバーに表示してあります。
＊乱丁本・落丁本は送料小社負担でお取り替えいたします。